川柳きやり吟社
創立95周年記念合同句集

日常茶飯

新葉館出版

序

歴史の語り部

合同句集『日常茶飯』は、五年ごとに行う創立記念日の行事の一つとして発行している。

前回の創立90周年記念合同句集『日常茶飯』に出句している一六四人のうち五十五人が物故あるいは高齢、体調をくずされて退社している。十年前を含めると半数の八十二人に達する。したがって、今回の『日常茶飯』は、現在十年以上在籍している八十二人（五人不参加）に、この五年間に迎えた社人の作品を掲載している。

その中に、百歳を越えて頑張っている田島世四氏、五月に百歳を迎える赤松喜美子氏の作品を掲載できたことは、川柳きやりの創立以来の快挙であり感無量である。反面、三人の方が発行を待たず急逝されたことも、はじめてのことで残念でならない。川柳活動から離れて数十年、退社せず在籍して合同句集だけには参加している社人もいる。その川柳への愛着と愛社精神に心を打たれる。

この句集に掲載されている作品は、本誌の雑詠『日常茶飯』に掲載された句の中から心に残るものを作者が選んだ、作者の人生が滲み出ている句である。

創立以来一貫した川柳志向に共鳴し、それを現代社会と融和させ、社会へ訴えてゆく、庶民が読んでも理解できる川柳を庶民文芸として貫いているのが、きやりの『日常茶飯』である。

長い歴史の中で、その時代時代を背景にした『日常茶飯』には、歴史の語り部としての貴重な作品が網羅されていることを誇りとしている。気負いもなく、常識を逸脱しない、人間の生きざまを描写する大人の川柳が、きやりの句なのである。

掲載された作者の作品の中には、後世に残る名句もあり、未熟なものもあるが、この合同句集で「きやり川柳」の精神を理解して頂けると思う。

二〇一五年三月吉日

竹本　瓢太郎

川柳きやり吟社
創立95周年記念合同句集

日常茶飯

目次

創立95周年記念合同句集

川柳きやり吟社

日常茶飯

挑戦が終着駅を遠ざける
愛の字があふれて愛に飢えている
変化球とがった空気かきまぜる
身の丈を覚え小さな夢にする
謙遜が地道な汗を輝かせ

粟飯原　勇

〒350-0001
川越市古谷上一一二四－四
粟飯原　勇
昭和一五年九月六日生
電話〇四九－二三五－三六八四

さり気ない気配り人を和ませる
仲の良い嫁と姑の車間距離
新しいルートに挑む登山靴
年毎に引き算したい誕生日
幸せを演じて帰るクラス会

赤澤ゆう子

〒321-3235
宇都宮市鐺山町一八一〇―三
赤澤又子
昭和七年二月三日生
電話〇二八―六六七―二五九二

生きるため人それぞれの荷を背負い
人生の岐路にも欲しい道しるべ
錆ついた頭脳に欲しい起爆剤
目に見えぬ心晴れたり曇ったり
長寿法十人十色みな元気

赤松　喜美子

〒167-0023
東京都杉並区上井草
一－二九－三
赤　松　喜美子
大正四年五月一一日生
電話〇三－三三九〇－二五六五

名案が温め過ぎて煮崩れる

裏話聞いて納得して帰り

捻子一つ緩んでからの下降線

補助線をいっぱい引いて立ち直る

諍いがあっても独りより二人

秋元和可

〒227-0036

横浜市青葉区奈良町

二九二三－一〇－四〇五

秋　元　和歌子

昭和二三年二月一〇日生

電話〇四五－九六二一－五七三四

惜しまない汗が苦手を得手にする
良い答良い質問に引き出され
持ち駒を無駄にはしない生き上手
嬉しさを足して伝えるいい話
立ち直るヒトの強さとしなやかさ

秋　山　茂　子

〒215-0001
川崎市麻生区細山五―六―九
秋　山　茂　子
昭和一五年一一月二五日生
電話〇四四―九五一―〇一八五

安達　満

〒454-0911
名古屋市中川区高畑三－一九五
安　達　　満
昭和一〇年一月一七日生
電話〇五二－三五二－三五一六

積み上げた汗が確かな風を読み
握手する右手はいつも空けてある
幸せな風に気付かぬ高望み
捨て石を覚悟の汗がよく光る
疑わぬ心が語尾を和らげる

道の駅家の在庫をつい忘れ
腹立てることより恐い無関心
そうだねに変えて言い訳飲み込ます
メールより電話すっきり気が晴れる
身の程を少し背伸びに視野広げ

安斉　フミ子

〒198-0052
青梅市長淵七－八四－五
安斉　フミ子
昭和二〇年六月一五日生

今日生きて今日の洗濯物が出る
ツーカーの二人すっかりビンテージ
曇りなく鏡磨けば老けている
老いて行くのも面白いドキュメント
校了を出し組板に横たわる

安藤波瑠

〒192-0911
八王子市打越町一五二三−五一
安　藤　はる子
昭和二三年四月一一日生
電話〇四二−六三六−〇二八八

子が生れ一直線になる家路
子育ての明日へ戦まだ続く
納税の義務へ律儀な蟻になる
本音吐く時は一枚隠す舌
決着の手締めへ空気澄んでくる

石川とく江

〒192-0911
八王子市打越町九九－九
石　川　トクエ
昭和一六年一一月三〇日生
電話〇四二－六三五－八四二二

やさしさを貰い心に貯金する
ほめられてそしられ何か教えられ
その噂尾鰭が倍について来る
過ぎたるは悔まず未知に憧れず
白黒をつけたばかりに友は去り

石田きみ

〒111-0021
東京都台東区日本堤
二ー一五ー三
石田喜美
大正九年一月五日生
電話〇三ー三八七五ー二六四一

内戦の続く国にも青い空
ユニセフが御縁をくれたおさな友
歳月が人の心に彩をそえ
いのこずち背に夜遊びの猫帰る
女旅お一人様は値ぶみされ

板坂　みどり

〒414-0001
伊東市宇佐美一六六三－九
板坂　嬰
昭和二年一二月二五日生
電話〇五五七－四八－八一五三

幸せの分だけ気張る義援金
一歩引く我慢が夫婦和を保つ
黙ってはいない女子会皆弁士
病院も施設も溢れ長寿国
趣味にまで欲張った頃なつかしみ

市川 ミツ代

〒370-2331
富岡市内匠三六
市　川　ミツ代
昭和四年七月一六日生
電話〇二七四―六三―一一二九

庇い合う形で夫婦丸く生き
涙腺を解く他愛もない言葉
臆病で消しゴム一つ持ち歩く
飛んできた球はキッチリ投げ返す
一日のノルマ果たして着るパジャマ

伊藤史子

〒011-0911
秋田市飯島字長山下
七二一三三
伊藤史子
昭和一七年二月一五日生

伊藤　美枝子

いい出合い人間性が高められ
必要とされて湧き出る生きる張り
汗積んだ自負が歩幅を広くさせ
信じ合う心が強く響き合い
まだ負けぬ気骨が老いを遠ざける

〒454-0862
名古屋市中川区的場町一―一九
伊藤　美枝子

授かった知恵で余生を聡く生き
理想像追えば己れに遠くなり
疑問符を実体験に導かれ
成長の孫に未来を示唆される
子に託す思いピエロになり切れず

猪野豊子

〒189-0023
東村山市美住町一―八―三六
猪　野　豊　子
昭和三年八月一七日生
電話〇四二―三九四―七一二四

お人柄こぼれる笑みに裏がない
減らず口親に似ないという鬼子
ジグソーへ猫が邪魔する午後の刻
保護された迷子不覚の認知症
悔しさが失意の底を這い回り

岩田明美

〒424-0842
静岡市清水区春日一−二−二三
岩　田　明　美
昭和二二年九月二日生
電話〇五四−三五二−〇二五七

心から笑い幸せ呼び寄せる
思い込みとんだドラマをつくり出す
美人の湯入る前から騒いでる
柔らかい脳発想の種を秘め
決心が明日に向い走り出す

岩田民子

〒414-0035
伊東市南町一−三−二七
岩田民子
昭和二一年九月一三日生
電話〇五五七−三六−一八四八

岩堀洋子

生い立ちが打たれ強さを身に付ける
失敗も今となっては懐かしい
寝る前に心の中もストレッチ
巣立たれて自分のために生きていく
フンフンで済ます聞きとれない話

〒238-0014
横須賀市三春町四－五〇
岩堀洋子

普段着の会話に癪なカタカナ語
程々の線は引かない意地っ張り
世の中に不穏な種を撒く格差
ミスしても許すが許せない手抜き
片意地を張っては小さくする器

内田甲柳

〒194-0037
町田市木曽西一―二二―二三
内田義教
昭和一〇年一一月一四日生
電話〇四二―七九一―〇七八四

愛のある助言へ耳は柔らかい
挑むこと止めると老いが加速する
口数が減って体調案じられ
アバウトが好き人間を続けてる
先送り自分の首を絞めている

宇津野　甫　子

〒457-0045
名古屋市南区松城町一―一七
宇津野　甫　子
昭和一四年一〇月二日生
電話〇五二―八二一―〇八九〇

千羽鶴千の祈りを寄せて折り
稚魚放す北の河原に春が跳ね
保護鳥の巣立ちへ動けないカメラ
お召車へ置く距離がある先導車
刺のある言葉が落ちていた楽居

永谷和子

〒135-0062
東京都江東区東雲
一-九-五〇-一二〇六
永谷和子

人間もジュゴンも大切な命
紅型の裏に反戦平和秘め
沖縄の平和日本の平和です
終わりなき遺骨を拾うボランティア
沖縄の現実知らぬ平和論

大田かつら
〒901-0231
豊見城市字我那覇三七三－五
洲鎌恵子

言い負けて思い知る子の頼もしさ
手みやげが当然視して長っ尻
初耳の顔で頷く聞き上手
懐の深さ損得口にせぬ
失言と言うが本音が漏れただけ

岡部定雄

〒343-0026
越谷市北越谷二—三七—九
岡　部　定　雄
昭和二年九月二七日生
電話〇四八—九七四—七〇二〇

花嫁の父に明日が来てしまう
温暖化もう夏なのかまだ夏か
信じよう光る子の眼に嘘はない
つっぱねて見たが気になる親心
相槌を打って本心口にせず

小川正夫
〒350-0823
川越市神明町四－四
小川正夫
大正一二年五月五日生
電話〇四九－二二二－〇〇二二

荻原亜杏

〒370-2132
高崎市吉井町吉井二九七
荻 原 清 子
昭和二三年一一月一八日生
電話〇二七−三八七−二四一八

列島へ容赦をせずの自然界
世の中の無常と思う父の病み
角立てず身をこなしてた母の背
五輪への期待の陰で被災の地
鯉だけが元気に泳ぐ過疎の里

することは終った齢に感謝する
異国での長女の暮しふと案じ
木枯しの晩には亡母想い出す
悲しくも何も憶していない日々
草むしり無心にしてて心足り

荻原　非茶子

〒370-2132
高崎市吉井町吉井二九七
荻　原　久　子
大正一一年四月一五日生
電話〇二七－三八七－二四一八

素っぴんの笑顔にとける疲労感
じっくりと説く正論に骨がある
親切の裏で迷っている本音
白黒で分ける小言に愛が欠け
息切れへ酸素ボンベになる拍手

荻原　美和子

〒230-0071
横浜市鶴見区駒岡
三ー三〇ーGー四〇七
荻 原 和 子
昭和一九年七月六日生
電話〇四五ー五八四ー一六五五

恙ない暮らし年金生きている

批評する口は持ってる絵画展

お点前の仕種へ雅味を見せつける

思い出の数だけ重い別れの日

贅沢を言うなと孫へ昔出す

奥村敦子

〒454-0869

名古屋市中川区荒子五－二二

奥村敦子

電話〇五二－三六一－六七一〇

リベンジの汗が根性植えつける

いい汗をかき消し去った悩み事

ノルマ増え限界に来た肩の凝り

一目を置かれ責任のしかかり

穏やかな一日だった茶をすすり

奥村　勢津子

〒454-0869
名古屋市中川区荒子　五－一二二
奥　村　勢津子
昭和一八年一月六日生
電話〇五二－三六一－七八九四

石橋を三度叩いて踏み切れず
本当の素顔を知った父の通夜
一聞いて十知る人と居て疲れ
子の癖の四十程は俺の癖
咳二つ広間の空気向きを変え

刑部鬼子

〒320-0073
宇都宮市細谷一－二－七
刑　部　安　夫
昭和二年六月三日生
電話〇二八－六二四－六九一八

無理しない程で頑張るから続き
しなければならぬ気持が焦らせる
言葉より汗でチームの和が生まれ
欠点は衝かぬ夫婦の不文律
疑問符の連射たじろぐ孫の守り

長田良一

〒230-0032
横浜市鶴見区大東町七－八
長田良一
昭和一七年五月二九日生
電話〇四五－五二一－九七〇八

単調な日々幸せが欠伸する
美しい言葉に空気洗われる
恥をかく勇気があれば踏み出せる
進まない除染明日を描けない
大地震生者と死者の紙一重

織田順子

〒960-1101
福島市大森字経塚五－二二
織　田　順　子
昭和二四年一月八日生
電話〇二四－五七三－六一一〇

小田春菜

〒285-0831
佐倉市染井野五－一八－一〇
小田久子
昭和一九年三月六日生
電話〇四三－四六三－〇二六四

好奇心生きる火種をすぐ見付け
媚びのない言葉真心下げてくる
生き下手はたった一つの顔で生き
偏見を持たない人の聞き上手
柔らかな耳が余生を弾ませる

加賀谷　三帆

〒192-0044
八王子市富士見町一〇ー一三
加賀谷　三帆子

脳ミソをかきまわしたい物忘れ
Uターン想定外で喜劇めき
顔のある野菜と米に励まされ
達観で劣等感を噛み殺す
御無沙汰のピース都会も住みやすい

仲良しに見えても女対女
泣いた日の数だけ女強くなり
独り居の時計気楽に回ってる
ハードルを下げれば暮し楽になり
どう生きる八十路を越えた時刻表

金沢映子

〒370-2128
高崎市吉井町本郷二〇七一四
金沢栄子

人生の節目で増した人間味
感謝する心が自我を戒める
悩み事欲を捨てれば楽になり
国益の有無で異なる歴史観
小国の核に怯えるやるせなさ

川出　登

〒454-0848
名古屋市中川区松ノ木町
一一二七
川出　登
昭和一九年二月一七日生
電話〇五二一三五三一四五〇九

日本の四季が迷子になっている
紙一重この一枚にある重み
日本語の乱れ心が乾いてる
やさしさに女の城が脆くなる
親しさの中にもほしい句読点

菊地可津

〒320-0851
宇都宮市鶴田町三六四九
菊地カツ
昭和一三年一月一六日生

生きるため大きな傘を差している
寝たきりにならないようによく眠る
誰にでも時は一日二十四時
また一つ過去を重ねてゆく夕日
家族みな太陽系の中にいる

木崎栄昇

〒350-0275
坂戸市伊豆の山町四―一〇
木崎栄昇
昭和一一年九月三〇日生
電話〇四九―二八二―二七一七

北川　ふじ子

〒350-0054
川越市三久保町一五－二
北川　ふじ子
昭和七年四月二三日生
電話〇四九－二二二－〇一六四

主婦の座を忘れ至福の旅の膳
夢を追う机に明日が積んである
飾らない言葉が温い無二の友
恩返しする気の汗を惜しまない
明日という生きる希望を積み重ね

北畠和子

〒252-0237
相模原市中央区千代田
六－一－四－五〇四
北畠和子
昭和七年一一月一四日生
電話〇四二－七五五－八四二〇

高齢化介護現場も多国籍

終活へ断捨離という大仕事

絶叫が聞こえぬ距離に居る親子

九条をうやむやにして貌がない

痛いとは言わぬ傷だらけの地球

価値観の多様決断鈍らせる

断捨離のついで心の垢も捨て

自画像の鼻は高めに描いておく

青空の広さに所有権はない

母の背を流す思いで墓洗う

久郷せつ子

〒321-3223
宇都宮市清原台五―二二―三〇
久郷節子
昭和六年四月二九日生
電話〇二八―六六七―四三五八

息子から注がれる酒は良く回り
反論も言い遅れると愚痴になり
趣味だけは違う夫婦で息が抜け
長生きをしろと自由が奪われる
エプロンに慣れて男が自立する

草場　昭

〒190-0001
立川市若葉町三－三－四〇
草　場　　昭
昭和二年九月二一日生
電話〇四二－五三七－一三八八

工藤　エミ湖

〒016-0843
能代市中和二－四－二九
工藤　恵美子
昭和二三年七月二二日生
電話〇一八五－五二－五二九八

いい事もあると面倒引き受ける
手抜きかと思われ損な大雑把
深読みは苦手素直に老いていく
失敗を面白がっている余裕
平穏が続き気を揉む苦労性

送葬の雨は涙の色で降る
罪のない事故死へ神の不公平
英雄を罪人にする歴史の目
欠点を長所に変えるプラスの眼
ネットから無縁社会が動き出す

黒崎和夫

〒377-0805
群馬県吾妻郡東吾妻町植栗
九二三一—二
黒崎和夫
昭和一三年四月三日生
電話〇二七九—六八—二九〇一

シンプルがベスト飾らず出しゃばらず
楽しみも苦労も生きている証
万能でないからヒトが面白い
我慢なら負けぬ戦を知る世代
悔いはないただ一筋に自分流

小金沢 綏 子

〒193-0824
八王子市長房町一五六二―二八
小金沢ヤス子
昭和八年一〇月二六日生
電話〇四二―六六一―三八三一

付き合えばほのかに薫る人間味
気配りが敵も味方にしてしまい
それぞれの暦を持って一つ屋根
善人でいたくていつも休火山
つまらない意地が人間小さくする

小西章雄

〒225-0002
横浜市青葉区美しが丘
三一―六三―四八
小西章雄
昭和一〇年二月九日生
電話〇四五―四八二―四九九八

健康の自負が明日をセットする
プライドを忘れて肩の荷を降ろす
躓いた石が教えた処世訓
来た道のドラマを風が押し戻す
まだ夢は捨てない老いの好奇心

小林笑楽

〒427-0037
島田市河原一－九－三七
小林鉦三
昭和八年八月一五日生
電話〇五四七－三七－四七二一

小林　寿寿夢

挨拶をされて旧知の人と知り
倹約とけちの違いを身につける
長寿の世健康寿命物を言う
人情と自然が残る里暮らし
結局は別れが待っている出会い

〒289-2152
匝瑳市松山一〇四一—一
小林　進
昭和八年一月二六日生
電話〇四七九—七二—二七〇〇

団体で泊まり秘湯の味薄れ
余所者と視線を浴びる無人駅
地場産の旬をほおばる旅の贅
予備知識あって楽しい旅の先
リボン着け同じツアーの人となる

小山　しげ幸
〒203-0053
東久留米市本町二－一四－七
小山　鎮　幸
昭和一八年五月二八日生
電話〇四二－四七三－三一九一

論戦の理詰めを捌く仕切り線
アマとプロ境界線に血が滲む
蒼天に校歌の声が透き通る
王道の思考回路に吉と凶
お絵描きが苦手わたしは理系女子

近藤辰春

〒114-0034
東京都北区上十条二－一九－一
近　藤　辰　春
昭和三年四月六日生
電話〇三－三九〇八－一一〇七

無駄骨を折った昔を懐かしむ
欲の無い暮らし何処にも嘘が無い
さり気無く冗句の語尾に出る本音
一呼吸遅れて笑う遠い耳
短くも手書きの文字に有る温み

齋藤升八

〒353-0006
志木市館二ー六ー七ー六〇七
齋　藤　升　八
昭和二年七月二一日生
電話〇四八ー四七四ー四四九〇

年寄りの忘れた振りも芸の内

カラオケへ自信過剰のビブラート

手抜きする事も覚えて妻元気

褒め言葉単細胞を活性化

学歴を馬鹿にしながら子に求め

桜井すみ江

〒215-0014
川崎市麻生区白山五－一－八－二〇九
桜井すみ江

同じ事思った妻に安堵する
年金の暮しも慣れて太り気味
この歳でまだまだ他人と比較好き
物忘れ演じて今日も好好爺
何もせず只食う飯に喉詰る

佐藤鴻司

〒344-0066
春日部市豊町三－七－四九
佐藤鴻司
昭和一八年七月二四日生
電話〇四八－七三七－四六四三

佐藤晴江

〒195-0074
町田市山崎町一七四五―四五
佐藤晴江

流されて諸事が心をタフにする
運命のいたずらと知るむせび泣き
感慨にふける時空の独り言
這い上がる汗が支える自尊心
本当の幸せを知る凪の日々

定年は下り列車の始発駅
天性の明るさ人の輪を拡げ
いい球を投げ返してる聞き上手
雑談に花を添えてる豆知識
上達がプラス思考に輪を掛ける

佐藤博信

〒180-0001
武蔵野市吉祥寺北町 二ー七ー一七
佐藤博信
昭和一五年七月二九日生
電話〇四二二ー二〇ー六三三五

新鮮な空気に触れたアドバイス
秋の風妻の小言も聞き流す
焦点をうまく合わせる聞き上手
次の世もまた次の世もさくら咲く
彩りは七色がいい紙吹雪

佐野　由利子

〒422-8045
静岡市駿河区西島
六〇八－一－五〇四
佐野　由利子

仏にも鬼にも借りた恩がある
未だ夢が有るから打てぬ句読点
蛇口から暮らしの愚痴が漏れてくる
本当の自分に出会う旅に出る
過ぎ去った夢のかけらを縫い合わせ

篠田東星

〒321-0952
宇都宮市泉が丘三－一二－五
篠　田　輝　政
昭和一五年四月二三日生
電話〇二八－六六一－七四三〇

DNAを無視してる親の見栄
子育てへほどよく混ぜる愛と鞭
負荷をかけ脳が錆びないようにする
人の価値総合すれば大差ない
堪えに堪えやっと本音をぶちまける

篠　原　智恵子

〒343-0806
越谷市宮本町五－一六九－一一
篠　原　智恵子
昭和二八年七月二五日生

三姉妹母の齢を越えて生き
子離れの動機となった一人旅
価値観の違い異国の旅で知る
ボランティアから福祉の目開き出し
悔いの無い日々でありたい今日を生き

芝崎一楊

八王子市元本郷町
二－一－三－二〇四
〒192-0051
芝崎庸子
昭和五年一月一日生
電話〇四二－六二二－七三五二

子の挙式親の立ち位置気にかかり
挙式日を決めるとプラン動き出し
新しい縁確かめる披露宴
婚姻の証人父として署名
年賀状子の成長の跡が見え

柴田睦郎

〒062-0054
札幌市豊平区月寒東四条
一〇－五－一五
柴田睦郎
昭和三〇年五月二〇日生
電話〇一一－八五二－一七〇六

息を抜くコツも経験から生まれ
真実を語るにいらぬ修飾語
聞き上手心の凝りを取ってくれ
頂点に立つと雲にも手をのばし
惜しまれて去る引き際に華があり

渋川渓舟

〒165-0033
東京都中野区若宮
二－三五－八－二〇二
渋川繁光
昭和一二年一〇月一七日生
電話〇三－三三三八－一七〇六

失念を老化と決めて動じない
根性を躓くたびに鍛えられ
晩成を信じて老いの血を燃やす
辛酸を舐めて忍耐強くなり
信念を貫き通す一本気

清水　勇

〒319-1416
日立市田尻町四－一九－一八
清　水　　勇
昭和一二年八月一六日生
電話〇二九四－四二－三四七八

清水かず

〒180-0012
武蔵野市緑町　二－六－一－一〇三
清水和子
昭和七年二月二七日生
電話〇四二二－五二－〇九三二

感謝する気持伝えて楽になり
逃げ込めるキッチン脳をリフレッシュ
出来た事数えて今を焦れている
目的がバネを外してダッシュする
見つめ合う気がハーモニー響かせる

清水潮華

〒221-0864
横浜市神奈川区菅田町
二五一九―二
清水静江

一大事保険効かない猫の怪我
物忘れ認知にされる恐ろしさ
正直も過ぎると困る未だ子供
頼られて萎えた元気が蘇る
痛い目にあって気がつく喋り過ぎ

下村和光

〒422-8043
静岡市駿河区中田本町　一一－二三
下村和夫
昭和四年八月二三日生
電話〇五四－二八一－五八八〇

揉めるのが怖くて妥協ばかりする

古惚けた脳へやる気がちと残り

食う為の追従惨めにも慣れる

疑えば愛それからを脆くさせ

勉強をしろと若さに励まされ

踏み出した一歩へ明日の夢を賭け
負けてから努力の無さが身を責める
頑張れば出来ると気持切り替える
不器用に生きて時勢に逆らわず
人間の強さ負けても立ち直る

杉本勝男

〒410-0016
沼津市高砂町一－一二
杉本勝男
昭和五年一二月四日生
電話〇五五－九二二－〇七五九

割り勘を許さぬ見栄が酔うと出る
職退いて燃える火種を確かめる
空気にはなれない父の自尊心
いい人と言われ無駄口叩けない
酒飲みが来ると喜ぶ腹の虫

鈴木　章

〒316-0015
日立市金沢町三－一三－三
鈴木　章
昭和一三年七月一五日生
電話〇二九四－三五－一八六九

再会へ偶像音もなく崩れ
成行きに任せて運を確かめる
生かされて喜怒哀楽に身を委ね
感動をお裾分けする回し読み
いい人のいいが持ってる多面性

鈴木田鶴子

〒424-0876
静岡市清水区馬走北
五ー一七ー九〇五
鈴木田鶴子
昭和一四年一〇月三一日生

人情がからむと視点ぶれて来る

頑張りが限界線を遠くする

息災で生きる余生を塗り変える

健康で生きる関所が増えて来る

歳月が苦労話を糧に変え

清田　由紀枝

〒254-0042
平塚市明石町一七－五
清田　由紀枝
昭和二一年九月一六日生
電話〇四六三－二二－三五六八

じいさんになりきって乗る無料バス
人間の欲が平和を遠くする
このままで終われぬ老いのスニーカー
三歩先歩く男はもう居ない
老いて来て想定外の事ばかり

関本秀雄

〒190-0013
立川市富士見町二ー二六ー九
関　本　秀　雄
昭和八年三月三〇日生
電話〇九〇ー四三九七ー五一〇八

瀬戸一石

〒259-1111
伊勢原市西富岡一三五六
瀬戸　一
昭和一三年一月一日生
電話〇四六三－九四－六六〇九

奥の手を秘めて男は勝負する
恩人の重さへ物も言えずいる
ボランティア力仕事へ握り飯
傷癒えぬうちに二の矢が飛んでくる
悪評はマッハの風で駆けめぐり

好奇心全開にして旅に出る
ペンダント歓喜の鼓動聞こえるか
いつまでも夢を引き摺る元少女
良い事がきっと明日ある大落暉
微罪なら無数に背負って生きている

竹田圭子

〒343-0027
越谷市大房一〇六〇―一―二〇一
竹田圭子

一善を守って日々に味を付け
正直に生きて時間にまた追われ
本物の魅力緊張感を生み
他人事になると妙案すぐ浮かび
五欲みな忘れて溶ける山歩き

竹田光柳

〒184-0004
小金井市本町三―一四―五
竹田光雄
昭和一三年一一月二六日生
電話〇四二―三八三―一四〇六

田島世四

〒191-0016
日野市神月三－一六－一
田島義壽
大正元年一二月七日生
電話〇四二－五八一－五四七二

無位無冠光った汗で父眠る

散ることは神に預けて今日を咲く

胎動へ神は指紋を彫りはじめ

大陸を軍靴で踏んだ若かった

百歳の胃へ銀杯の酔い心地

同伴で華やかになるクラス会
海育ち離島の澄んだ海を恋い
過去の謎解ける歓喜もある八十路
安全に慣れ過ぎている日本人
鞭一つ入れ残照の旅続く

田中忠正

〒343-0046
越谷市弥栄町
二-五-四-一二六
田中忠正
昭和八年三月五日生
電話〇四八-九七六-〇〇二九

円安も円高も好き国際化

幸不幸努力で笑い誘う幸

詩集読む余生の夢は美しい

終活の毎日読書迷わない

平穏な暮らし悪事を憎む日々

田部井 呑 柳

〒373-0055

太田市大島町七四七

田部井 茂 雄

昭和七年六月三〇日生

電話〇二七六−二二−一七六八

回復へ嬉しい薬飲み忘れ
寄る大樹無いと悟ったマイペース
羨望と敵意を浴びているオーラ
変えないで居れば個性と讃美され
ＩＴ化活字文化がたそがれる

徳田正幸

〒250-0202
小田原市上曽我三九八
徳　田　正　幸
昭和一九年九月二〇日生
電話〇四六五－四二－二三二七

不意打ちの病魔に前途遮断され
その内に何とかなるが耐えさせる
新しい絆不足を庇い合い
考える葦でいられる小さい幸
終活も八分天命待つばかり

都倉靖子

〒211-0035
川崎市中原区井田
二一一五一六一二三〇号
都倉靖子
昭和一〇年一〇月九日生

晩学の雫小さく澄んで落ち
同じ歳老いは個別にやってくる
善人も知られたくない罪がある
捨て石になるには器小さ過ぎ
こうなればみんな送ってから逝こう

内藤　巌

〒400-0049
甲府市富竹三－二－二
内藤　巌
大正一二年六月六日生
電話〇五五－二二六－四〇四三

ともすれば投げやりになる齢を責め
ふり返る過去辛抱に耐えた過去
人間の欲をギネスが煽り立て
その次の言葉が出ない借りた知恵
人生に無駄な苦労も生きてくる

内藤房子

〒418-0046
富士宮市中里東町三三五八
内藤房子
昭和五年一月二〇日生
電話〇五四四—二七—一二〇四

晩鐘の余韻犬との散歩道
宵銀座老いの二人が手をつなぐ
幸運の鍵があったら買いに行く
持ち方で変る心のしなやかさ
明晰な頭脳と自負の見栄を張る

仲沢ちね

〒197-0011
福生市福生一〇五九
仲　沢　ち　ね
大正一三年一一月七日生
電話〇四二－五五一－〇三一七

長瀬熙実

〒190-1223
東京都西多摩郡瑞穂町西松原
四四―一六
長瀬洋子

星さえも老いる齢など気にしない

許す事出来て自分も楽になり

野心などないが打算は働かせ

親も子もスマホ同居の会話切れ

とばっちりかからぬ位置で風を読む

おれ流を確かなものにする場数
信じてる道を歩いてブレが無い
這い上がる汗は人目を憚らず
血のにじむ汗がＤＮＡを超え
持ち味を生かすトップの塩加減

中西隆雄

〒322-0037
鹿沼市中田町一〇六五－八
中西隆雄
昭和一五年一一月二八日生
電話〇二八九－六二－二〇九七

待つ人がいる幸せの急ぎ足

可能性秘めた背中を押してやり

理不尽な世相善人寒くいる

ほどほどのストレス生きる潤滑油

優しさに触れて心の刺も消え

中林和子

〒350-1115
川越市野田町一—九—二三
中 林 和 子
昭和五年九月一一日生
電話〇四九—二四四—一三二〇

健康で平和でたらぬものばかり
納得のいかぬ努力が天に溶け
天国も地獄もいらん今があり
いい笑顔他人に施す鏡拭く
生きざまは策などいらぬ自然体

中村宵星

〒041-0802
函館市石川町一三四－一〇六
中　村　富　嘉
昭和三年一〇月九日生
電話〇一三八－四六－三三七八

踏み出せば案じた程で無い一歩

終章はこんなものかと通夜の席

春の海津波を過去のものとする

算盤をはじいて寄って来る他人

居眠りを炬燵でしてる妻も老い

長山茂寿

〒316-0003
日立市多賀町三－六－一四
長山茂寿
昭和一四年一一月二二日生
電話〇二九四－三三一－〇八八八

身銭切る覚悟で人の上に立ち
やり遂げた思いかたちになって来る
油断して転ぶ自分を叱りつけ
何もかも揃って出来ぬ事ばかり
ちょっとした事が気になる曇りの日

野﨑麗舟

〒041-0835
函館市東山三－九－七
野﨑　智恵子
電話〇一三八－五二－五四九四

こんなにも短いハイがすぐに出ず
若い気も子に遮断機を降ろされる
挨拶と笑顔私の常備薬
頼み事音符を変えて遣ってくる
検索をしても出て来ぬ余命表

服部 しげこ

〒180-0021
武蔵野市桜堤
二―八―八―A九〇二
服部 茂子
昭和一九年九月一〇日生
電話〇四二二―七七―九八七五

もう少し女で生きる赤い紅

弾まない毬を抱いてる失意の日

純粋な若さが匂う一本気

野放しの夫良い顔して戻り

初夏の風ふんわり私語を置いてゆく

花井　ようこ

〒252-0344
相模原市南区古淵二―六―六
花井洋子
昭和一六年一二月一〇日生
電話〇四二―七五六―八六五五

今日よりは若い日は無い汗を積む

情報の旬を仕入れて若くいる

善人にされて無色の面を付け

経験の重い言葉に畏まる

子に残す地図へ確かな羅針盤

花道歌子

〒344-0025
春日部市増田新田四二九－六七
花道歌子
昭和七年二月二三日生
電話〇四八－七三六－六四五三

体力を負けず嫌いでカバーする
誠実が取り柄で背伸びせずに生き
不器用に生きて正論ばかり吐き
晩節を汚さず節度持って生き
丸く生き無意識に出る有り難う

浜田　実

名古屋市中村区鴨付町二―二五
〒453-0843
濱　田　實
昭和八年一月六日生
電話〇五二―四一一―八七四四

働いた分は身となる蟻の列

独り居る老いを庇護する手の温み

寝たきりへ春の香りの窓を開け

つり革の腕が弾んでいる若さ

仕合せに生きる女の去年今年

原　幸枝

〒414-0046
伊東市大原三－一－一三
原　幸枝
昭和八年八月二二日生
電話〇五五七－三七－七一九七

夢を見る力でアンチエイジング
やり直す勇気を天は見放さず
目の前に壁があるからファイト湧き
最強の敵は期待という魔物
おふくろの味の秘訣は目分量

原　重樹

〒381-0207
長野県上高井郡小布施町
大字押羽四一四
原　重樹
昭和三五年一月二八日生
電話〇二六－二四七－二二〇三

誠実を武器に繋いでいく絆
ブレーキをかけて守っている理性
子のために親の背中は汚せない
目的を果たした汗が心地良い
小さな幸探して今日の糧にする

平野　香

〒300-0732
稲敷市上之島一〇五五－一
平野　香
昭和三七年八月一九日生
電話〇二九九－七八－三一〇二

平野和子

〒197-0805
あきる野市秋川五―三―一二
平野和子
昭和一四年七月一日生

軽い気で始めた趣味に徹夜する
若い気が不調目立って歳を知り
どっちかが悪い喧嘩もできるうち
老いて尚初体験は生きる糧
セキュリティーチャイム押す手が畏まる

割烹着主婦のドラマが始動する
エプロンはいいな涙も汗も拭け
カフェオレでチャージしておく雨の午後
幕引きは間近コントを考える
余生もう遠慮はしない自分色

広田悦子

〒370-2135
高崎市吉井町片山三二一
廣田悦子
昭和一七年七月八日生
電話〇二七―三八七―三三九三

身の丈に合わせ今年の帆を上げる
自惚れて今日の歩幅を広くする
いい出合い同じ次元で打ち解ける
人間が好きで許して丸くなり
長生きの為に完璧主義を止め

府金節子

〒195-0055
町田市三輪緑山一―一四―六
府 金 節 子
昭和七年一一月三日生
電話〇四四―九八九―〇九三五

如才ないこの親にして子の躾
にぎやかな方に進路がリードされ
持て余す無聊が覗く腕時計
隣人に性善説でお付き合い
それらしい顔でまとまる人の相

藤本幸雄

〒252-0804
藤沢市湘南台七ー四三ー二
藤　本　幸　雄
昭和五年一月九日生
電話〇四六六ー四四ー七〇七四

畳替え暮らしの底に春の彩
合カギが風の噂を聞きたがる
咲かぬまま蕾詰ったずた袋
インタビュー勝者に星を散りばめる
咲き終えてあなた任せの風媒花

船橋　豊

〒300-1256
つくば市森の里九四－六
船　橋　　豊
昭和二年一二月四日生
電話〇二九－八七六－二九二三

趣味一つ持って感性まで磨き
助走路で探究心を駆り立てる
潮時を掴むチャンスに目を凝らす
手に余る風は無言で受け流す
身の丈に生きて苦労を笑い合い

古屋　みよこ

〒252-0242
相模原市中央区横山
三－一二－一七
古屋　みよ子
昭和一一年八月二六日生
電話〇四二－七五四－四八二六

堀　成子

〒225-0024
横浜市青葉区市ヶ尾町
一〇七四－一五
堀　成子
昭和二一年一〇月一六日生
電話〇四五－九七三－三四八〇

鏡との対話で今日が動き出す
満面の笑みで膨らむいい話
孝行を強制してる子への愛
信頼が心の奥で響き合う
粗食でも器一つで引き立たせ

前向きの足は悔しさ引き摺らず
ときめきが日日好日へノックする
悩まない時が解決してくれる
失敗も授業料だと肝に据え
惜しまない汗は味方を倍にする

本間四郎

〒350-1126
川越市旭町三ー二七ー二八
本　間　四　郎
昭和一三年一月二四日生
電話〇四九ー二四四ー〇四五四

ヘルシーな食事に覇気が枯れて行く
我慢した分だけ愚痴がくどくなる
傍観に慣れて俯く身の軽さ
無器用を看板にして息を継ぎ
多感期の挫折視界を押し広げ

前田星世

〒216-0007
川崎市宮前区小台
二―一六―三―二〇三
前田星世
昭和八年五月一三日生
電話〇四四―八五六―〇〇六一

次世代へ丸ごと贈りたい平和

満面の笑みは世界の共通語

ハイチーズ笑顔美人が勢揃い

義理を絶つ勇気に揺れるヤジロベエ

微調整しながら歩く老いの坂

松尾稔子

〒215-0021
川崎市麻生区上麻生
四―一九―三―五〇二
松尾稔子

不可もなくさりとて悪になり切れず
おしゃべりの中にも光るものがあり
毎日の顔の変化に気付かない
こんな字でこんな読み方する名前
戦争を知らない政治家が怖い

松土十三子

〒152-0021
東京都目黒区東が丘
二―一三―二〇
松土登美子

平凡を積むと非凡と評価され
敗因は勝因よりも根が深い
忘れてた本能が出る崖っ縁
無垢な子が答えに詰まる事を聞く
生活の一部が覗く無精髭

馬目さだお

〒252-0804
藤沢市湘南台六―三二―五
馬目貞夫
昭和一〇年三月二一日生
電話〇四六六―四四―四五五七

聴き流す耳を綺麗に掃除する
体調にその日暮しを強いられる
背中から聞くと気になる笑い声
褒められる事が苦手でいる無口
初耳の顔で話を盛り上げる

丸山不染

〒336-0931
さいたま市緑区原山
三―一七―五―一〇六
丸山喜孝
大正一五年五月三日生
電話〇四八―八八二―二四三三

未来絵図希望に染める新住所
ニュースから奇人変人呆れさせ
冬ならば冬の音符を生む暮らし
闊達へチェンジ明日を追い求め
平穏は桃源郷の趣味を浴び

三浦　憩

〒562-0015
箕面市稲六−五−三八−一〇二
三　浦　和　代
昭和三七年七月二七日生
電話〇七二−七四七−〇三〇九

三浦武也

〒317-0066
日立市高鈴町四－一二－六五
三浦武也
昭和一三年一〇月一二日生
電話〇二九四－二二－四六九一

建前で築くあやうい砂の城
本分を悟り乱れぬ蟻の列
聞き直しするからやる気あると見る
にわか主夫オール電化を持て余す
言い勝ってみても暮しは元のまま

踏んばって今日の日課を埋めていく
何しても自由淋しさ増してくる
ひたむきな汗が周りを引き付ける
胃に溜めた本音キリキリ痛み出す
出掛けたい家にも居たい上天気

三上久栄

〒343-0026
越谷市北越谷二－一五－二
三　上　久　栄
昭和一五年四月二九日生
電話〇四八－九七四－四四五二

不条理の一畳に臥し人となる
欲望の絶えぬ社会の浮き沈み
晴天の因果を今日も庭で見る
指揮棒が天変地異に躍らされ
甦る一期一会が咲かす縁

三田地　輝　憶

〒350-0808
川越市吉田新町二－三－一〇
三田地　輝　憶
昭和一四年八月三〇日生
電話〇四九－二三二－八七七〇

経験と歳が人間丸くする
生き甲斐を見付け未来図色を足し
喜怒哀楽に磨かれる人間味
耐え抜いた齢が誇れる皺になる
健康という幸せが身に染める

南川桂子

〒169-0074
東京都新宿区北新宿
一－三五－一九
南川桂子
昭和七年四月一三日生
電話〇三－三三七一－一五三四

南川哲夫

少年のピアス昭和はもう遥か
科学の目神の領域まで迫る
言い負けて子の成長を受け入れる
死神を余生の趣味が追い払う
音立てて父権崩れる定年日

〒343-0027
越谷市大房一二〇四―二六
南川哲夫
昭和九年四月一二日生
電話〇四八―九七五―三五一〇

峯岸照海

〒185-0003
国分寺市戸倉四－四七－一
峯岸厚子

記録への挑戦若い血が燃える
良い方に取りストレスを溜め込まず
不器用が正直だけで生き残り
ふっきれて断捨離手際良く進み
下見ればまだまし不満やわらげる

三村　八重子

〒227-0067
横浜市青葉区松風台二三－一六
三　村　八重子
電話〇四五－九六二－七七二六

気まぐれな神のタクトに運不運
無傷では住めぬ世間の乱気流
権力を嫌った筈が尻尾振り
控えめな浮沈の中に老いの四季
合鍵は一つ夫婦と言う絆

原石が入学式に胸を張り
さまざまな色で人生絡み合い
果てしない空ちっぽけなわだかまり
ハガキ来る悲喜こもごもが胸に浸み
これしきが辛くなってる足の乱

村田春子

〒192-0063
八王子市元横山町
一―一八―五―五〇四
村田春子
昭和八年四月二五日生
電話〇四二―六四五―五八五三

一日の価値が年ごと重くなり
生きて行く事が仕事になる加齢
不器用をカバーしている真正面
終章の生き甲斐語彙と戯れる
生き様の芯は曲げない自然体

望月英男

〒173-0003
東京都板橋区加賀
二－一六－一－一二二
望　月　英　男
大正一五年一〇月一八日生
電話〇三－三九六三－六五一〇

森崎清三

聞く耳を持つと世間が広くなる
打ち負かすだけが勝ちとは思わない
処世術風の噂を選り分ける
欲張るとまだまだ足りぬ色がある
その時はまたその時の神頼み

〒134-0088
東京都江戸川区西葛西
六—二二—三—一〇三
森崎清三
昭和九年八月二九日生
電話〇三—三六八七—五一九〇

それぞれが自転しているいい家族

捨石にまだなりきれぬ自尊心

人柄の良さが器を光らせる

平凡な暮らしを縛る世間体

人間を歳ではかれぬ面白さ

守屋　不二夫

〒343-0046
越谷市弥栄町　二－五－四－一三一
守　屋　不二夫
昭和一九年二月二〇日生
電話〇四八－九七七－四七二一

謝った日から友情とり戻す
角砂糖静かに解けて許し合い
今日の苦を帳消しにしたいい言葉
いい笑顔こころのドアを開け放つ
大根のレッテルでいい役者馬鹿

柳　慶子

〒321-3316
栃木県芳賀郡芳賀町与能
一五一四－一
柳　慶子
昭和一五年七月一二日生
電話〇二八－六七八－〇五二三

想い出が炎になってゆく余命
無欲ほど強いもの無い広い空
すでに今後期高齢たたら踏む
草庵にひとり居る夜の風の声
紫外線たっぷり梅を干してやり

若月 葉

〒350-0424
埼玉県入間郡越生町黒山二九七
若月瓔子
昭和一三年一月二四日生
電話〇四九－二九二－五六〇〇

コンビニがあるから呑気独り者
半世紀息ぴったりの夫婦独楽
借り過ぎたカードにいつか支配され
飲み会の帳尻合わす名幹事
母になる日を待ち望む母子手帳

我妻信子

〒350-1133
川越市砂三三四－一三
我妻信子
昭和一四年四月五日生
電話〇四九－二四二一－〇〇〇八

すっきりと目覚めた朝の良い予感

老い先は白紙のんきに御飯食べ

雨も良いのんびり過す充電日

古希間近嫁も保護者の顔で来る

映る気でテレビ取材へ派手を着る

和瀬田　洋　子

〒205-0023
羽村市神明台
二ー八ー一三ー三〇六
和瀬田　洋　子
昭和二〇年三月一八日生

たまにする贅が心を和ませる
割勘で安いお酒を飲まされる
喜ばす土産を妻に叱られる
揉め事の火種はいつも同じ人
計算が上手になって先が見え

竹本瓢太郎

〒190-0002
立川市幸町
四−五二−七−四〇五
竹本正秀
昭和八年一一月一二日生
電話〇四二−五三七−三八〇四

あとがき

川柳の基本「十七音字」を厳守している『川柳きやり』の姿勢を社人は誇りにしている。それを古いと言う人もいる、過去には革新を叫んで川柳界を揺さぶった人達もいたが、今その人達は話題にもでてこない。

川柳作家が十七音字で川柳を作らない、理屈はどうあれ作れないのだ。我々は「十七音字」で作っている。作ろうとすれば作れるのだ。

正しい「川柳の姿」を世に問うのが合同句集『日常茶飯』である。個々が川柳に向かって個々の川柳を構築していく、その努力の成果が五年ごとに刊行する合同句集に刻まれている。そこに合同句集刊行の意義がある。

新葉館出版の竹田麻衣子氏の協力を得て四冊目になる。表紙画の版権など厄介なことは毎度のこと。安藤波瑠の手を煩わして刊行したのが今回の合同句集である。最後になったが社人一同の協力に感謝する。ありがとう。

（瓢太郎）

川柳きやり吟社
創立95周年記念合同句集
日常茶飯
○
2015年4月4日　初版発行
編　者
竹　本　瓢太郎
発行人
松　岡　恭　子
発行所
新　葉　館　出　版
大阪市東成区玉津1丁目9-16 4F 〒537-0023
TEL 06-4259-3777　FAX 06-4259-3888
http://shinyokan.jp/
印刷所
第一印刷企画
○
定価はカバーに表示してあります。

ISBN978-4-86044-590-4